AF476700

POÉSIES

DE

PHILIPPE JANNOT.

BOURG,
Imprimerie de Bottier, Libraire.
1831.

POÉSIES

DE

PHILIPPE JANNOT.

POÉSIES

DE

PHILIPPE JANNOT.

BOURG,

IMPRIMERIE DE BOTTIER, LIBRAIRE.

1834.

Les nombreux amis de Philippe Jannot ont exprimé sur sa tombe un vœu qui les honore, celui de voir livrer ses œuvres à l'impression. Ce vœu a été religieusement recueilli par sa famille dont il adoucit les regrets. C'est en effet pour elle une bien douce consolation que cet empressement d'une jeunesse éclairée à consacrer ainsi, par un monument modeste mais durable, l'expression de son attachement.

Toutefois, les parens de Jannot ne se sont pas dissimulé que cet hommage spontané rendu à sa mémoire ne saurait suffire pour faire apprécier son talent, et ils ont regretté de ne pas retrouver dans le portefeuille de l'auteur quelques pièces importantes, dont l'une surtout avait mérité les éloges de Béranger.

Le Recueil incomplet qu'ils publient aujourd'hui, sous les auspices de l'amitié, dira-t-il tout ce qu'il y avait de poésie dans l'âme de Jannot? Peindra-t-il bien cette imagination dont les œuvres n'arrivèrent jamais à nous qu'à travers les déchiremens de la souffrance? Oh! non assurément! Mais du moins on aura recueilli une étincelle de ce feu que la douleur a éteint; du moins on aura conservé un son de cette lyre si tôt brisée. On aura élevé un monument à l'infortune, au talent et à l'amitié, et un jour on dira parmi nous : Philippe Jannot est mort à vingt-quatre ans..... Déjà il comptait beaucoup d'amis et quelques admirateurs. Sans avoir reçu d'autre instruction que celle de l'école primaire, sans autre secours que son amour du travail, il était parvenu à parler la langue des poètes. Ses débuts avaient fait naître des espérances que la mort ne lui a pas permis de réaliser :... puis, pour prouver ce qu'il aurait pu faire, on ajoutera, en montrant ce Recueil : *Voilà ce qu'il a fait.*

I.

L'AGONIE.

L'hiver fuit et déjà la nature embellie
Sourit au doux soleil qui la voit refleurir ;
L'hirondelle au sein blanc, de crainte poursuivie,
Revient à l'humble toit où l'amour la convie.

Du concert des oiseaux l'écho va retentir,
Les bois vont se parer, la rose va s'ouvrir,
Nature, amour, plaisir, tout va reprendre vie,
Et moi je vais mourir.

Mourir! Ah mes amis! amis chers et fidèles,
Adieu... Ne pleurez pas... les pleurs me font souffrir!
Allez pour mon tombeau cueillir des fleurs nouvelles;
Allez... la mort m'attend aux rives éternelles.
Livrez-vous à l'espoir d'un riant avenir;
Tout commence pour vous, pour moi tout va finir;
Le plaisir et l'amour vont vous prêter leurs ailes,
Et moi je vais mourir.

Sur le champ de la vie où la mort nous moissonne,
Un matin voit tout naître, un soir voit tout périr,
La mort frappe partout et n'épargne personne:
Elle brise à la fois la chaumière et le trône,

Au chevet d'un mourant elle vient s'accroupir...
Voyez-la s'abreuver de mon dernier soupir,
Voyez sa main ridée effeuiller ma couronne,
Voyez... je vais mourir.

Comme l'éclair qui fuit, comme une ombre éclipsée
J'ai passé sur le fleuve où tout vient s'engloutir...
J'ai passé... j'ai vécu... ma nacelle est brisée,
Brisée... et sur les flots sa trace est effacée ;
Déjà de mon tombeau les flancs vont s'entr'ouvrir,
Et de son noir linceul l'oubli va me couvrir ;
Déjà mon œil se ferme et ma main est glacée...
Ah ! je me sens mourir !...

27 avril 1832.

*****

II.

A L'AUTEUR DE L'AGONIE.

(Après la publication de l'*Agonie*, M. *.... adressa à Philippe Jannot la pièce suivante.)

A ta voix déjà faible et doucement plaintive,
On dirait qu'attristé de ton court avenir,
Tu voudrais, rattachant ta nacelle à la rive,
Sur l'onde qui l'entraîne encor la retenir;

Pourquoi ?... tu quittes peu, si tu quittes la vie !
Ceux que tu vas laisser auront seuls à souffrir ;
Car ta souffrance, à toi, bientôt sera finie...
Comme toi je voudrais mourir !

Tu jetais sur le monde un regard d'espérance,
Tu rêvais le plaisir en songeant à l'amour,
Tu t'élançais joyeux, avec impatience,
Vers le prisme trompeur qui ne brille qu'un jour ;
L'avenir était beau pour ta jeune pensée !
Et voilà qu'au bonheur la mort va te ravir,
Tandis que de regrets, moi, j'ai l'âme brisée !...
Oh ! c'est moi qui devrais mourir !

Qui sait ?... peut-être aussi je tiendrais à la vie
Si dans un froid tombeau je n'avais rien encor ;
Mais ma bouche a baisé la bouche d'une amie,
Qui jeune s'endormait du sommeil de la mort !

Le monde que j'aimais est un désert sans elle,
Et j'y souffre d'un mal que rien ne peut guérir...
Chaque jour, à chaque heure, une tombe m'appelle;
Oh! c'est moi qui devrais mourir!

J'aime le ciel brumeux et les feuilles d'automne;
J'aime le vent glacé qui fait sécher les fleurs;
J'aime quand la tristesse ou le deuil m'environne;
Le plaisir me fatigue, et je me plais aux pleurs.
Toi, tu te plais à voir la nature embellie,
Les bois devenir verts et les roses s'ouvrir;
Au concert des oiseaux ton oreille est ravie...
Tu devrais vivre et moi mourir!

30 avril 1832.

❀❀❀❀❀

III.

A M. *....

(Réponse à la pièce précédente.)

J'avais fait mes adieux, j'avais brisé ma lyre,
Mon âme s'envolait en quêtant quelques pleurs,
Ta voix l'a rappelée et je la vois sourire,
Comme un jour de printemps voit sourire les fleurs.

L'espoir vient de souffler ma lampe funéraire,
J'ai vu fuir de la mort le hideux appareil,
Et, quittant le grabat qu'entoure ma misère,
J'irai, j'irai demain saluer le soleil.

Que la nature est belle à toute âme allanguie!...
Sur ses gazons rians viens rêver avec moi,
Viens... Après, sur la tombe où t'appelle une amie,
J'irai m'agenouiller et pleurer avec toi.

Vois la fleur sur la fleur négligemment penchée;
Viens promener ton deuil sur ces riches trésors,
Et ne va plus froisser la feuille desséchée,
Qui ne devrait couvrir que la terre des morts.

Que ne suis-je inspiré par le Dieu qui t'inspire?
Que ne puis-je à ta voix pour la mienne emprunter?

⤜ II ⤛

Moi, ma voix est si faible !... Ah ! ressaisis ta lyre !
Tes accens vont au cœur... laisse-moi t'écouter.

Oui, quand l'âme est brisée ou quand l'hiver avance,
Alors, qu'importe l'heure où s'éteint le flambeau ?
Mais quand on a vingt ans l'avenir est immense !...
On tremble en approchant la glace du tombeau.

Poète, au doux espoir que ton cœur s'abandonne ;
Dieu qui connaît nos maux ne peut-il les guérir ?...
Attendons tous les deux que le béfroi résonne,
Et quand je vais revivre, ah ! ne va pas mourir !...

4 mai 1832.

*****

IV.

AUX POLONAIS.

Héros martyrs, fuyant la tyrannie,
Débris sacrés qu'épargna le trépas,
Frères-guerriers, fils d'une autre patrie,
Venez à nous, la France ouvre ses bras.

Ah ! cachez-nous cette douleur amère
Sous les lauriers inondés par vos pleurs ;
Venez, venez, la France est votre mère :
Un jour ses fils vengeront vos malheurs.

Hier encor ce grand peuple en alarmes,
Sur des tombeaux, priant à deux genoux,
Disait : A nous Français ! nos frères d'armes !
L'écho de France avait redit : A nous !
Et quand debout, les peuples criaient : Guerre !
Les rois honteux s'abreuvaient de vos pleurs.
Mais espérez, la France est votre mère :
Un jour ses fils vengeront vos malheurs.

La liberté qui gémit sous la cendre,
Va se lever aux cris de l'aigle blanc :
La France encore a du sang à répandre
Et la Pologne a demandé du sang.

France ! pour toi le sien coula naguère ;
Mais à ton tour n'aurais-tu que des pleurs ?
Non, écoutez la voix de votre mère :
La France un jour vengera vos malheurs.

D'un Dieu vengeur déjà la foudre gronde ;
Et l'aigle blanc reprenant son essor,
De la Vistule ira repasser l'onde,
Rouge du sang des barbares du Nord.
Avec orgueil, déployant sa bannière,
La France, enfin, dira : « Séchez vos pleurs,
« Frères-guerriers, sous l'aile d'une mère,
« Venez combattre et venger vos malheurs. »

24 février 1832.

*****

V.

MON INDÉPENDANCE ET MA PAUVRETÉ.

Moi, dont la vie est éphémère,
Je sais me contenter de peu;
L'indépendance et la misère
Sont les filles d'un même Dieu.

Vous qui savourez l'existence
Dans les bras de l'oisiveté,
Respectez mon indépendance
Et laissez-moi ma pauvreté.

Vous que l'ambition enchaîne
Et fit arborer vingt couleurs,
Qu'il pèse l'or de votre chaîne !
Moins lourde la mienne est de fleurs.
L'ivresse de votre abondance
Ne vaut pas ma frugalité.
Respectez mon indépendance
Et laissez-moi ma pauvreté.

Qu'un autre, pour l'or d'une place,
Vende jusqu'à l'honneur qu'il a,
Fière de porter ma besace,
Ma probité me restera.

Jamais le pain de l'indigence
Ne sentit la vénalité.
Respectez mon indépendance
Et laissez-moi ma pauvreté.

On prépare au peuple qui souffre
Des fers, quand il lui faut du pain ;
Imprudens, vous creusez le gouffre
Qui vous engloutira demain.
Vous qui recherchez la puissance
Pour enchaîner la liberté,
Respectez mon indépendance
Et laissez-moi ma pauvreté.

La gloire m'offre-t-elle un trône,
Tout sceptre me semble fatal ;
Souvent les fleurs d'une couronne
Vont se flétrir à l'hôpital.

Pauvre Gilbert, dans ta démence,
Rêvais-tu l'immortalité ?...
Respectez mon indépendance
Et laissez-moi ma pauvreté.

Passe fortune, passe vite,
A ton vieux char ils sont assez !
Va donner aux sots du mérite,
Les grands ont besoin de succès.
Loin d'une moqueuse opulence,
Je ris de sa fragilité.
Respectez mon indépendance
Et laissez moi ma pauvreté.

*****

VI.

L'APPARITION.

AIR : *Muse des bois*, etc.

Pauvre et chétif dans un grenier bien sombre
Où des grandeurs je mesure l'écueil,
En sommeillant j'ai vu paraître une ombre
Qui me montrait le vide d'un cercueil.

A son aspect une fièvre subite
Vint m'agiter du frisson de la mort...
Mon médecin ne me rend plus visite :
Ombre, va-t'en, laisse-moi vivre encor.

L'éternité, vaste et profond abîme,
Pour m'engloutir a-t-elle ouvert ses flancs ?...
Dieu qui connaît toute pensée intime
A de mon cœur dirigé les élans.
Amour, vertu, déités que j'encense,
Pour moi vos dons valent mieux qu'un trésor.
Ombre, avant tout j'aime mon indigence :
Va-t'en, va-t'en, laisse-moi vivre encor.

Du pauvre aussi Dieu bénit les familles,
Pour l'opulent il est aussi des pleurs.
Combien de fois, spectre, sur ces guenilles
J'ai vu l'amour verser plaisirs et fleurs,

O douce ivresse ! où la coupe remplie
Je m'endormais la lèvre sur le bord !
Ombre, entends-tu ? c'est la voix de Julie,
Va-t'en, va-t'en, laisse-moi vivre encor.

Ma pauvre étoile aux trous de ma fenêtre
Ne jette, hélas ! qu'un reflet incertain.
En vain l'espoir veut raviver mon être,
Une étincelle en jaillit et s'éteint.
Ombre, à ce mur que la vieillesse mine,
Vois ma besace et mon luth pour décor;
Mais le bonheur s'endort sur la vermine.
Va-t'en, va-t'en, laisse-moi vivre encor.

Ce beau soleil qui s'incline et qui tombe
Après avoir franchi l'immensité,
Brillant, demain, passera sur ma tombe,
Sans que mes yeux s'ouvrent à sa clarté.

L'heure qui fuit est donc ma dernière heure !
Retourne au ciel, âme, prends ton essor !
Ombre, entends-tu ?... c'est ma mère qui pleure !
Va-t'en, va-t'en, laisse-moi vivre encor.

A mon réveil je souris à l'aurore :
Ma mère aussi sourit à mon réveil.
L'ombre avait fui... mes yeux cherchaient encore,
Quand l'horison me montra son soleil.
Dans mon réduit que ta lueur éclaire,
Viens m'inonder de tes atômes d'or ;
Ma pauvreté se chauffe à ta lumière.
Ombre, va-t'en, laisse-moi vivre encor.

15 mars 1834.

*****

VII.

LE SALTIMBANQUE.

AIR : *Chanson, reprends ta couronne.*

Je ne suis qu'un saltimbanque,
  Fils d'un grand vaurien,
Si la probité me manque,
  Probité n'est rien ;

En dressant par ma science
Les chiens que voilà,
J'ai dit : Du cœur à la danse,
L'argent nous viendra.

Ces chiens, je les tiens en laisse,
De peur des vautours ;
Mais sitôt après la messe
Commencent leurs tours ;
Jamais chien pour la cadence
Ne les égala.
Allons, du cœur à la danse,
L'argent nous viendra.

Pour les puissances tombées,
Chiens, soyez perclus ;
Mais surtout force enjambées
Aux nouveaux élus ;

S'ils n'ont point de conscience,
L'or vaut mieux que çà.
Allons, du cœur à la danse,
L'argent nous viendra.

Mylord, quoique épileptique,
Jadis, quelle horreur!
Sauta pour la république,
Puis pour l'empereur;
Pour la charte, pour la France,
Ensuite il sauta.
Allons, du cœur à la danse,
L'argent nous viendra.

Toi, Bijou, chien que j'adore,
Montre-toi, morbleu!
Pour le drapeau tricolore
Sois toujours de feu;

Saute pour qui règne, et danse
Pour qui règnera.
Allons, du cœur à la danse,
L'argent nous viendra.

Barbet, jadis démocrate,
Effroi des puissans,
Aujourd'hui donne la patte
A nos courtisans;
Souple jusqu'à l'élégance,
Ce chien parviendra.
Allons, du cœur à la danse,
L'argent nous viendra.

Azor fit voir sa flamberge
A vingt nations,
Plus tard il portait un cierge
Aux processions;

Ici, chien, la révérence,
  Une autre par là.
Allons, du cœur à la danse,
  L'argent nous viendra.

Bizet, ce chien bénévole,
  Souple comme un gant,
A fait mainte cabriole
  Pour les rois de Gand ;
Un jour pour l'indépendance
  Il cabriola.
Allons, du cœur à la danse,
  L'argent nous viendra.

Figaro, ce chien difforme,
  Grâce à mon savoir,
A su prendre un ventre énorme
  Au pain du pouvoir ;

A l'auge de la puissance
Il se plaît déjà.
Allons, du cœur à la danse,
L'argent nous viendra.

S'il arrive qu'un chien crêve,
Un autre a son tour;
J'ai là-bas plus d'un élève
Dans ma basse-cour,
Jeunes chiens pleins d'espérance
Pour le tibia.
Allons, du cœur à la danse,
L'argent nous viendra.

Pour devenir gras et riche,
Point de sot métier;
Je pourrais, sans mes caniches,
Vivre en bon rentier,

Mais on dit que l'abondance
  Jamais ne nuira.
Allons, du cœur à la danse,
  L'argent nous viendra.

Maître et chiens étaient en groupe,
  Quand mille vautours
S'abattirent sur la troupe
  Qui sautait toujours.
Le saltimbanque, je pense,
  Plus ne chantera :
Allons, du cœur à la danse,
  L'argent nous viendra.

VIII.

REVIENS, PRINTEMPS.

Reviens, printemps, toi qui réveilles
Et la nature et les amours ;
A ces oiseaux, à ces abeilles
Redonne l'astre des beaux jours.

Reviens, ton ciel d'azur m'inspire :
Devant toi chasse les autans.
L'hiver, mes doigts se glacent sur ma lyre,
Reviens, printemps.

Pour le palais, pour la cabane,
Tu sèmes des fruits et du pain ;
Quand l'un moissonne, l'autre glane,
Chacun a sa part du butin.
L'automne apporte dans la grange,
Seigle et piquette en même temps.
Pourquoi l'hiver n'a-t-il point de vendange ?
Reviens, printemps.

Vois-tu ces arbres sans feuillage,
Cette nature sans couleurs ?
A nos bois viens rendre l'ombrage,
Viens à nos champs rendre les fleurs.

Ramène avec toi l'hirondelle :
Donne à ces nids des habitans.
J'écoute en vain si j'entends Philomèle,
Reviens, printemps.

D'une taille souple et divine
La gaze embellit le contour.
L'hiver, sous les plis de l'hermine,
A-t-on vu folâtrer l'amour ?
Le pauvret, couché sur ses armes,
Souffle dans ses doigts tremblottans.
Belles, l'hiver nous dérobe vos charmes,
Reviens, printemps.

Le laboureur en sa chaumière
Consulte son calendrier ;
Mais le soleil est sans lumière,
C'est le soleil de février.

De tes feux reprends la ceinture :
Viens dorer ces flots inconstans ;
L'hiver de l'onde enchaîne le murmure,
Reviens, printemps.

Au printemps le pauvre travaille,
En souriant à nos climats ;
L'hiver, engourdi sur la paille,
Il pleure et maudit les frimats.
Une terre froide et stérile,
Epuise ses efforts constans.
L'hiver, hélas ! point de moisson fertile :
Reviens, printemps.

7 mars 1834.

IX.

MES AMIS ET MON MÉDECIN.

Moi, l'ennemi de toute continence,
Il me faut fuir les amours, les plaisirs;
Mon médecin prêche la tempérance :
Chassez, dit-il, jusqu'aux moindres désirs.

Ah ! si d'amour je brise l'esclavage,
Dois-je briser l'autel et l'encensoir ?
Non, mon docteur m'a dit : Devenez sage.
Fuyez, amours ; adieu, jusqu'au revoir.

Le carnaval est la saison que j'aime,
Le plaisir court de la rue au salon ;
Je n'aime pas les rigueurs du carême,
Et puis aussi le carême est si long !
De la folie empruntez le langage,
L'amour au bal vous trouvera ce soir.
Moi, mon docteur m'a dit : Devenez sage.
Fuyez, folie ; adieu, jusqu'au revoir.

Il faut vous fuir, êtres imaginaires,
Sylphes légers, escorte du plaisir,
Illusions, précieuses chimères,
La Faculté parle, il faut obéir.

Divinités sans forme ni visage,
Dans mon sommeil j'aime à vous entrevoir.
Mais mon docteur m'a dit : Devenez sage.
Fuyez, plaisirs ; adieu, jusqu'au revoir.

Vous, mes amis, retournez à vos belles,
Sacrifiez à de jeunes appas ;
Le Temps qui fuit emporte sur ses ailes
Des jours perdus qu'on ne retrouve pas ;
Si parmi vous plus d'un cœur est volage,
Pour le malheur tous sauraient s'émouvoir.
Moi, mon docteur m'a dit : Devenez sage.
Fuyez, amis ; adieu, jusqu'au revoir.

X.

LE JEUNE PATRE.

AIR : *Le temps que je regrette*
Est le temps qui n'est plus.

L'hiver va quitter l'âtre
Où l'ennui vient s'asseoir.
La voix du jeune pâtre
Retentit chaque soir.

4*

Il dit : « Oiseaux fidèles,
Au village attristé
Revenez, hirondelles,
Ramenez la gaîté.

L'hiver sur cette plage
N'apporte que des pleurs ;
Nos bois n'ont plus d'ombrage,
Nos champs n'ont plus de fleurs ;
Ils ont fui sous vos ailes,
Les zéphirs inconstans.
Revenez, hirondelles,
Ramenez le printemps.

L'hiver, c'est la détresse
Qui plane sur nos champs.
Sans vous point de richesse,
Point d'échos, point de chants.

Ces plaines sont si belles,
Quand viennent les moissons !...
Revenez, hirondelles,
Ramenez les chansons.

L'hiver n'a point d'aurore ;
Les amours sont bannis.
D'ici, je vois encore
La place de vos nids.
Lise, vers ces tourelles
M'attendait tous les jours.
Revenez, hirondelles,
Ramenez les amours.

L'hiver, tout est souffrance ;
L'été, le ciel est doux.
Le bonheur qu'on encense,
Folâtre parmi nous ;

Au temps des fleurs nouvelles,
Son sceptre est une fleur.
Revenez, hirondelles,
Ramenez le bonheur.

L'hiver n'a point de fête ;
L'été, filles, garçons,
Au son de la musette,
Tous les soirs nous dansons ;
Aux plaisirs infidèles
Nous livrons nos loisirs.
Revenez, hirondelles,
Ramenez les plaisirs. »

10 avril 1832.

*****

XI.

A Mme PRADHER.

(Lors de son passage à Bourg.)

De grâces, de talens assemblage céleste,
Toi qui viens ennoblir une scène modeste,
Et ravir nos instans par tes brillans concerts,
Daigne accepter ici l'hommage de mes vers.

Inspiré par l'élan d'une foule idolâtre
Qui vient pour applaudir la reine du théâtre,
Et chercher près de toi l'oubli de ses douleurs...
Puissé-je à ta couronne ajouter quelques fleurs !

La couronne d'un roi fût-elle glorieuse...
Ta couronne de fleurs est bien plus précieuse ;
Tes courtisans, à toi, ne sont pas des flatteurs ;
Tu ne vois en tous lieux que des admirateurs.

Quand tes divins accens vibrent au fond d'une âme,
D'un plaisir inconnu quand s'allume la flamme,
Alors tout est bonheur, tout est charme et transport ;
Tu cesses de chanter et l'on écoute encor.

Mais pour mieux admirer sa grâce et sa finesse,
Modérons ces transports d'une vive allégresse ;

Résistons, s'il se peut, au charme d'un regard,
Pour nous abandonner à celui de son art.

Mais elle va nous fuir... nos regrets vont la suivre ;
Pour d'autres que pour nous les plaisirs vont revivre...
Reste encor parmi nous... Oh ! cède à nos désirs ;
Nous avons tous besoin de joie et de plaisirs.

*****

XII.

PROMENADE AU MAIL.

Voyez ce magique éventail
Qu'a déployé la main de la nature ;
C'est la promenade du Mail
Avec sa riche chevelure,

Son superbe berceau d'émail,
Et ses murailles de verdure.

Sous l'ombrage touffu des tilleuls embaumés,
Voyez ces groupes animés,
Cette foule, cette cohue,
Tableau vivant de la société,
Qui marche, s'agite et se rue
Avec sa folle vanité,
Avec ses pauvres artifices,
Avec ses vertus et ses vices,
Avec sa laideur, sa beauté.

Que le soleil a de magie,
Et qu'il colore bien ces tissus et ces fleurs!
Que son disque aux mille couleurs
Couronne bien cette mâle harmonie

Que saluaient jadis nos étendards vainqueurs[1] !...
Qu'il répand de beauté sur ces nœuds de dentelles
Qui décorent un jeune sein ;
Et ces fichus, si riches de dessin,
Qu'ils sont brillans de ses mille étincelles !...

L'opulence attelée à son char d'émeraude
Promène son clinquant aux luisantes couleurs ;
Elle jette en passant le luxe de la mode,
Comme un printemps jette ses fleurs...
Et tous encensent la déesse ;
La nature a trop de simplesse ;
Il vaut mieux emprunter à l'art
Et son génie et son adresse,
Et son ridicule et son fard.

[1] A l'époque où cette pièce fut composée, une musique militaire exécutait le dimanche des morceaux sur la promenade du Mail.

Aussi voyez le jeune fashionable :
Mannequin à ressorts, il se croit homme aimable,
Parce qu'il porte un habit de *Didier*,
Un indiscret lorgnon, un faux-col en papier,
Ou quelque fadaise semblable
Que Paris vient de publier...
Et cette jeune fille à la taille d'abeille,
Qui veut plaire au jeune dandy,
Elle encadre ses traits dans un chapeau *bibi*,
Et nous dérobe, à nous, leur nature vermeille :
Mais c'est la mode... c'est merveille !!!
Et si quelqu'un a tort, c'est moi sans contredit ;
Oui, c'est bien moi, pauvre poète,
Qui vais mendier à la fête
L'illusion aux doux appas,
Qui la cherche partout et ne la trouve pas.

Oh ! venez respirer ces flots de poésie,
Ces parfums de l'été, purs et délicieux,

Et ces concerts qui montent dans les cieux,
En vibrant à l'âme saisie ;
Venez, jeunes maris, vous dont l'humeur jalouse
Gourmande nuit et jour le repos d'une épouse,
Le plaisir chasse le souci ;
On oublie avec lui les peines domestiques ;
Devant lui s'effacent aussi
Les querelles d'un jour, les discords politiques ;
La meilleure des républiques
Près du plaisir n'a pas un ennemi.

Et puis on fait des contes fantastiques ;
On parle mode... amour... Ici c'est un railleur ;
Gardez-vous bien de ses traits satiriques.
Chez nos fluets dandys aux formes athlétiques,
Il a vu le coton fourré par le tailleur.
L'entendez-vous ? ô profane ! ô parjure !...
Il rit de la beauté : ses formes, sa tournure
Ont, dit-il, trop d'ampleur...

Oh ! vraiment, voilà de l'injure !
On vous critique et vous n'y pouvez rien.
Mais la beauté, qui se venge si bien,
Fait du railleur une caricature.

On rit souvent à contre cœur...
Mais le plaisir vous suit, c'est déjà du bonheur.
Le plaisir... c'est assez... le bonheur, on l'espère,
On le cherche sur cette terre ;
On le demande au ciel, à Dieu :
Le bonheur est une chimère...
Et le plaisir ici-bas en tient lieu.
Contentez-vous de briller ou de plaire ;
Semez de fleurs votre chemin ;
Ne vous retournez pas, vous verriez la misère
Qui tend sa laide main.

Oh ! pardonnez à ma muse indiscrète,
Ne l'accablez pas de rigueurs ;

Dieu nous donne en naissant notre part toute prête :
A vous, l'avenir qu'il apprête,
A vous, ce monde et sa futilité,
A vous, tous les printemps ; à moi, pauvre poète,
Le ciel, un Dieu, l'éternité
Et le spectacle d'une fête.

10 août 1833.

XIII.

LE JEUNE POÈTE.

Près de mourir, un tout jeune poète,
A ses amis adressant ses adieux,
Disait : Je meurs, déjà ma tombe est prête,
Bientôt mon âme aura trouvé les cieux :

. Demain vos pieds iront fouler ma cendre,
Aux tintemens d'un lugubre béfroi :
L'ange m'appelle où je vais vous attendre,
N'aurez-vous pas une larme pour moi ?

Anges du ciel, à la voix virginale,
Abreuvez-moi de chants mélodieux,
Je vais toucher la couche nuptiale,
Et savourer le sourire des cieux.
Amis, sur moi voyez la mort répandre
Tous les bienfaits d'un rêve sans effroi :
L'ange m'appelle où je vais vous attendre,
N'aurez-vous pas une larme pour moi ?

Jeunes beautés, votre aimable sourire
M'a bien souvent fait croire que j'aimais ;
Vous qui prêtiez des accords à ma lyre,
Adieu, ma lyre est brisée à jamais.

Mon cœur glacé, mais amoureux et tendre,
Pour vous encor s'agite avec émoi :
L'ange m'appelle où je vais vous attendre,
N'aurez-vous pas une larme pour moi ?

Pour alléger d'amères infortunes,
Combien de fois ma muse a mendié !
Combien de fois ses plaintes importunes
Ont des passans arraché la pitié !
Vous bénissiez la main qu'elle osait tendre,
Car bien souvent elle tremblait de froid :
L'ange m'appelle où je vais vous attendre,
N'aurez-vous pas une larme pour moi ?

Ah ! viens, amour, viens fermer ma paupière ;
Mais non, j'entends des sanglots et des pleurs ;
Quelqu'un est là qui dit une prière :
Dieu ! c'est ma mère !... Elle veille et je meurs !

Le lendemain, la tombe fit entendre
Un râle sourd ; il disait au convoi :
L'ange m'appelle où je vais vous attendre,
N'aurez-vous pas une larme pour moi ?

XIV.

CHANT POUR L'ANNIVERSAIRE DE LA PRISE DE LA BASTILLE.

Républicains, fils de l'indépendance,
Ennemis d'un joug détesté,
Fêtons ce jour où brilla sur la France
L'aurore de la liberté.

L'air était calme et le soleil brillait,
Tout promettait un jour exempt d'alarmes,
Quand tout à coup sous l'astre de juillet,
Au son du glas le peuple prit les armes.

Républicains, etc.

Aux armes, tous! à ce cri répété
Un peuple entier ne fit qu'une famille;
Elle disait: Vive la liberté!
Et pierre à pierre écroulait la Bastille.

Républicains, etc.

S'ils ne sont plus, ces généreux vainqueurs;
Si quarante ans ont passé sur leur gloire,
Leurs noms sacrés sont gravés dans nos cœurs,
Et nos neveux les liront dans l'histoire.

Républicains, fils de l'indépendance,
Ennemis d'un joug détesté,
Fêtons ce jour où brilla sur la France
L'aurore de la liberté.

XV.

LES TOMBEAUX.

L'air était embaumé du doux parfum des fleurs,
Le ciel était serein, la nature était belle,

L'écho retentissait des chants de Philomèle ;
Tout semblait me sourire et je versais des pleurs.

Sous l'ombrage touffu d'un cyprès solitaire,
Assis sur des tombeaux, faible, pâle et tremblant,
Mon œil fixait le ciel, mon pied frappait la terre
Qui couvre pour toujours le pauvre et l'opulent.

Sur ces froids ossemens, vers ces lugubres lieux,
Le soleil ne répand qu'une pâle lumière
Qui tombe en dessinant des rayons de poussière...
C'est la cendre des morts qui monte vers les cieux.

Mortel, vois qu'ils sont vains les vœux que tu formais ;
Ton cœur, à cette idée, et s'affecte et se navre ;
L'homme n'apporte ici que son hideux cadavre
Et sa cendre à la cendre est mêlée à jamais.

Oui, de tous vos projets, le terme, le voilà !
Désirs d'ambition, de gloire ou de richesse,
Jolis rêves d'amour, de bonheur et d'ivresse...
Tout passe comme une ombre et vient s'éteindre là.

XVI.

LE BONHEUR, L'HYMEN ET L'AMOUR.

AIR : *De la treille de sincérité.*

De l'amour l'hymen est le frère,
Tous deux ils n'ont qu'un étendard :
Chaîne de fleurs est bien légère,
Quand l'amour en porte sa part.

Si l'on en croit la calomnie,
L'amour est le tyran du cœur;
Mais d'une douce tyrannie,
Peut-on fuir le charme vainqueur!
Que d'épouses
Seront jalouses
De voir unis en ce beau jour,
Le bonheur, l'hymen et l'amour!

Amour, tout cède à ton empire:
Le lierre embrasse l'arbrisseau,
Flore s'unit avec Zéphire,
Le fleuve enchaîne le ruisseau;
Ici bas tout s'unit, s'enchaîne,
Pour partager plaisirs et pleurs.
Ah! s'il faut choisir une chaîne,
Prenons une chaîne de fleurs!
Que d'épouses
Seront jalouses

De voir unis en ce beau jour,
Le bonheur, l'hymen et l'amour !

Epoux que l'amour environne,
Fleur d'innocence n'a qu'un jour ;
On voit s'effeuiller sa couronne
Au premier souffle de l'amour.
Mais quand lui-même il vous convie
Au doux servage de l'hymen,
Le plus beau jour de votre vie
Doit avoir plus d'un lendemain.
        Que d'épouses
        Seront jalouses
De voir unis en ce beau jour,
Le bonheur, l'hymen et l'amour !

Le bonheur que chacun encense,
De l'hymen est le gouverneur ;

Soumettez-vous à sa puissance,
Aimez-vous, voilà le bonheur.
Trop tôt la fleur se décolore,
Trop tôt disparaît un beau ciel ;
Puissiez-vous dans trente ans encore
Voir briller la lune de miel !
Que d'épouses
Seront jalouses
De voir unis en ce beau jour
Le bonheur, l'hymen et l'amour !

XVII.

L'ITALIE.

(Fragment d'une pièce inachevée.)

Hier encor la superbe Italie,
Secouant tout-à-coup le joug qui l'humilie
Et reprenant son antique fierté,
Relevait son beau front en criant : Liberté !

« Liberté ! disait-elle... » Et le drapeau de France,
Comme un symbole d'espérance,
Brillait sur l'horison des mers.
« Liberté ! disait-elle, enfans, plus de souffrance ;
« Séchez vos pleurs, oubliez vos revers,
« Libres, saluez tous le jour de délivrance.
« A genoux ! à genoux ! et que la Providence
« Entende vos joyeux concerts.
« Mais la vague bondit, la voilà qui s'élance
« Du flanc des beaux vaisseaux de France ;
« Venez, soldats, nos cœurs, nos bras vous sont ouverts. »

Elle parlait ainsi dans sa mâle éloquence ;
Des Français lui portaient des fers !

XVIII.

LES BALS.

Voici l'hiver, paré de douleurs et de charmes,
De souffrance et d'ennui, de luxe et de gaîté ;

Où le pauvre grelotte en dévorant ses larmes,
Où l'opulent s'endort, ivre de volupté.

Riches, que la misère ait sa part de vos fêtes,
C'est une loi du Dieu qui veille à vos destins ;
Pour elle détachez quelques fleurs de vos têtes,
Pour elle secouez la nappe des festins.

Ce luxe merveilleux d'or, d'hermine et de soie,
Est plus cher mille fois que dix mille bienfaits ;
On ne compte jamais combien coûte la joie ;
Mais on compte aisément les heureux qu'on a faits.

Le jeu, dieu qu'on encense et que le crime escorte,
Ne vous cause-t-il pas de poignantes douleurs ?
Combien, avec cet or que la fortune emporte,
On guérirait de maux, on tarirait de pleurs !...

Lorsque la volupté vous étreint dans ses serres,
Quand le plaisir vous berce et vous tient en émoi,
Quand à flots l'ambroisie échappe de vos verres,
D'autres vont expirer de misère et de froid.

Voyez-vous cette femme épuisée, haletante,
Qui pour son jeune enfant implore le destin ?
Sa tendresse de mère, hélas ! est impuissante...
Sa mamelle est tarie et son souffle s'éteint.

Cet enfant délaissé, fruit d'un coupable inceste,
Sans mère, sans patrie, où porte-t-il ses pas ?
Que va-t-il devenir ?... La vertu qui lui reste
Lui montre à son réveil le gouffre du trépas...

Cette orpheline en pleurs que la misère tue,
Demande, prie en vain... — A son cœur virginal

La débauche sourit. — Elle se prostitue !
Et, jeune, va mourir sur un lit d'hôpital.

Car pour le pauvre seul, la vie est un supplice ;
S'il a faim... il devient criminel !... Il le faut !!!
La misère le pousse à l'abîme du vice ;
Alors, qu'il fasse un pas, il monte à l'échafaud.

Une fête a son terme, un bal son agonie,
La volupté s'éteint, on voit passer les fleurs :
L'illusion fait place aux maux, à l'insomnie...
Le plaisir après lui laisse souvent des pleurs...

Et puis c'est un bienfait que la reconnaissance
Du pauvre. — Vous voyez, il demande à genoux,
Il embrasse la main qui calme sa souffrance,
Et lorsque vous souffrez, il va prier pour vous.

Et quand vous paraîtrez devant la Providence...
Là haut, quelqu'un sera qui pèse les vertus :
Alors, qu'il sera doux d'avoir dans la balance
Quelques plaisirs de moins, quelques bienfaits de plus !

XIX.

A M. GABRIEL DE MOYRIA.

Qui rendra l'existence à mon âme allanguie,
A mon cœur qui rendra l'illusion, la vie ?

Qui me fera croire au bonheur ?
Croire c'est espérer, mais espérer c'est vivre,
C'est dormir dans l'ivresse et se réveiller ivre.
Oh ! magique effet de l'erreur !

Le bonheur, c'est un mot illusoire, un vain songe,
C'est le hochet de l'homme ; il lui faut un mensonge
En ce monde absurde et réel.
Ah ! pour qui ne croit plus le trouver où nous sommes,
Qu'espérer en ce monde, et qu'attendre des hommes ?
Rien !... l'espoir du pauvre est au ciel.

Poète humble, inconnu, nourri dans l'indigence,
Un jour j'ai voulu voir cette folle opulence,
Et j'ai vu son rire insolent ;
J'ai vu de son orgueil l'homme insulter à l'homme,

Le pauvre humilié, froissé comme l'atôme
Que l'aquilon roule en sifflant.

Tant d'orgueil a réduit mon âme à l'étisie ;
Et dans mon cœur si jeune où naît la poésie
Ils ont à flots versé le fiel...
Du fiel !... oui, je sens là sa lave mugissante,
Elle écume, bouillonne... Oh ! ma lèvre est brûlante,
Et pas une goutte de miel !

Oh ! Moyria, si mon cœur a besoin de croyance,
Quelle main offrira le baume à ma souffrance ?
J'ai beau crier : Pitié pour moi !
Au temple, on me répond : Sors de ces lieux, profane !
Dieu ne pardonne point au coupable, il condamne :
Vois le ciel armé contre toi !

Au lieu de profaner la voix de l'Évangile,
Prêtres, au repentir ouvrez un saint asile,
Le monde aura moins de pervers.
Pourquoi prostituer un sacré ministère ?
Quel est donc votre Dieu, ce Dieu vengeur, colère,
Ce Dieu qui nous forge des fers ?

Non, il n'est point au ciel ce faux Dieu que l'on prêche;
Le Dieu que je connais naquit dans une crêche,
Et n'a ni glaive ni courroux ;
Il a de ses bourreaux pardonné les injures,
Et quand son sang coulait pour laver nos souillures,
Il disait : Vous êtes absous.

Faut-il donc mendier à cette tourbe immense
Qui promène au salon sa trop nulle existence,

Un peu de joie ?... Ou bien encor
Mêler à ses accens une voix poétique ?
Non ; elle me dirait, tant elle est impudique,
Va-t'en, va-t'en, tu n'as pas d'or.

Mais oubliez-vous donc qu'il n'est qu'une nature ?
L'argile de mon corps est-elle plus impure
Que l'argile qui vous forma ?
Non ; je prends en pitié le mépris qu'on me voue :
Nous sommes tous, oui, tous pétris de même boue,
Le même ver nous rongera.

Pourrai-je demander à la fille perdue
Un peu de volupté qu'elle a jadis vendue
Et qu'elle donne pour du pain ?
Oh ! non, mon cœur repousse une impure caresse ;

Et puis je frémirais quand, pâle de détresse,
Je l'entendrais dire : J'ai faim !!!...

Au moins si de l'amour je retrouvais l'ivresse,
Si d'une bouche amie une tendre caresse
M'invitait le soir au sommeil...
Mais je suis pauvre ; on fuit le pauvre qui succombe.
Hélas ! c'est la pitié qui creusera ma tombe ;
Je n'ai que ma part du soleil.

Oh ! c'est trop de misère ! il faut rompre la chaîne
Qui lia ma jeunesse à cette foule humaine
Où pas un cœur ne bat pour moi.
Je suis las d'avilir mon âme de poète
Et de flatter la main qui tous les jours me jette
Le pain noir d'un chétif emploi.

À peine le plaisir effleura-t-il ma bouche,
A peine imprima-t-il quelques plis sur ma couche
Où la douleur vient se ruer.
Oh ! Moyria, du malheur quand la mesure est pleine,
Quand le cœur est noyé dans le fiel de la haine,
Est-ce un crime de se tuer ?...

www.ingramcontent.com/pod-product-compliance
Ingram Content Group UK Ltd.
Pitfield, Milton Keynes, MK11 3LW, UK
UKHW020300220726
13923UKWH00002B/974

9 782019 274962